Este artículo
fue donado a la biblioteca
por una persona interesada en
que la juventud lea.

Oregon Library Association
Proyecto / Project
¡Amo Leer!
2009

Given to your library
by a person who cares about
youth and reading.

Pepita Talks Twice
Pepita habla dos veces

BY OFELIA DUMAS LACHTMAN
ILLUSTRATED BY ALEX PARDO DELANGE

PIÑATA BOOKS

Piñata Books
A Division of Arte Público Press
University of Houston
Houston, Texas 77204

For Marta, and Rita too,
because they held Pepita's hand throughout

—Ofelia Dumas Lachtman

Publication of *Pepita Talks Twice* is made possible through support from the Andrew W. Mellon Foundation and the National Endowment for the Arts. We are grateful for their support.

Esta edición de *Pepita habla dos veces* ha sido subvencionada por la Fundación Andrew W. Mellon y el Fondo Nacional para las Artes. Les agradecemos su apoyo.

Piñata Books are full of surprises!

Piñata Books
An Imprint of Arte Público Press
University of Houston
452 Cullen Performance Hall
Houston, Texas 77204-2004

Design and Illustrations by Alex Pardo DeLange

Lachtman, Ofelia Dumas.
    Pepita talks twice = Pepita habla dos veces / by Ofelia Dumas Lachtman ; illustrated by Alex Pardo DeLange.
        p.   cm.
    Summary: Pepita, a little girl who can converse in Spanish and English, decides not to "speak twice" until unanticipated problems cause her to think twice about her decision.
    ISBN-10: 1-55885-077-5 (hardcover)
    ISBN-13: 978-155885-077-4
    [1. Bilingualism—Fiction.   2. Spanish language—Fiction.   3. English language—Fiction.   4. Decision making—Fiction.   5. Hispanic Americans—Fiction.]
    I. Pardo DeLange, Alex, ill.   II. Title. III. Title: Pepita habla dos veces.
PZ7.L13535Pe   1995   95-9869
                                                                                    CIP
                                                                                    AC

♾ The paper used in this publication meets the requirements of the American National Standard for Permanence of Paper for Printed Library Materials Z39.48-1984.

6 7 8 9 0 1 2 3 4 5   14 13 12 11 10 9 8 7 6

Pepita Talks Twice
Pepita habla dos veces

Pepita was a little girl who spoke Spanish and English.

"Come, Pepita, please help us," people would say. Everybody called on Pepita to talk for them in Spanish and English. And she did what they asked without a grumble. Until today.

Today she didn't want to help anyone. She wanted to get home before her brother Juan. She wanted to teach their dog Lobo a new trick. She wanted to teach him to fetch a ball. But if she didn't hurry, Juan would teach Lobo first.

Pepita era una niña pequeña que hablaba español e inglés.

—Ven acá, Pepita. Ayúdanos, por favor— le decía la gente. Todo el mundo llamaba a Pepita para que hablara por ellos en español y en inglés. Y ella hacía lo que le pedían sin quejarse. Hasta hoy.

Hoy, Pepita no tenía ganas de ayudar a nadie. Quería llegar a casa antes que su hermano Juan. Quería enseñarle un nuevo truco a su perro Lobo. Quería enseñarle a recoger la pelota. Y si Pepita no se apuraba, Juan se lo iba a enseñar a Lobo primero.

Pepita raced by the grocery store that belonged to Mr. Hobbs, but not fast enough. "Pepita," Mr. Hobbs called. "Come speak to this lady in Spanish. Tell me what she wants!"

Pepita did what Mr. Hobbs asked. But deep inside of her a grumble began.

She tiptoed by the house where her Aunt Rosa lived, but not softly enough. "Pepita," her aunt called in Spanish. "Come talk to the delivery-man in English. Tell me what he wants!"

Pepita did what Aunt Rosa asked. But deep inside of her the grumble grew.

Pepita salió corriendo por la tienda de Mr. Hobbs, pero no pudo escaparse a tiempo. —Pepita— Mr. Hobbs la llamó. —Ven para que le hables a esta señora en español. ¡Dime lo que quiere!

Pepita hizo lo que Mr. Hobbs le pedía, pero muy por dentro sintió el principio de una queja.

Pasó en puntillas por la casa donde vivía su Tía Rosa, pero no pasó sin hacer un poco de ruido. —Pepita, ven a hablarle al repartidor en inglés. ¡Mira a ver qué quiere!

Pepita hizo lo que su tía le pidió, pero muy por dentro la queja se fue haciendo más fuerte.

She ducked behind the fence as she went by her neighbors' house, but not low enough.

"Pepita," Miguel called and said in Spanish, "my mother wants you to talk on the telephone in English. Please tell her what the man wants."

Pepita did what Miguel asked. But deep inside of her the grumble grew larger.

And when she went into her own yard and found her brother Juan teaching Lobo to return a ball, the grumble grew so big that it exploded.

"If I didn't speak Spanish and English," she burst out, "I would have been here first!"

Se deslizó detrás de la cerca de sus vecinos con la cabeza agachada, pero no la bajó lo suficiente.

—Pepita— Miguel la llamó y le dijo en español —Mi madre quiere que hables por teléfono en inglés. Por favor, ven a ver lo que el hombre quiere.

Pepita hizo lo que Miguel le pidió, pero muy por dentro la queja se hizo más fuerte todavía.

Y cuando entró en su propio jardín y encontró que su hermano Juan ya estaba enseñándole a Lobo a recoger la pelota, la queja se volvió tan fuerte que explotó.

—¡Si yo no hablara español e inglés— exclamó, —habría llegado aquí primero!

That night as Pepita lay in bed, she thought and thought. By morning she had decided what she would do. She slipped out of bed and tiptoed by Lobo, who was sleeping on the floor. She hurried into the kitchen, where her mother was cooking breakfast and Juan was eating.

"I am never, ever going to speak Spanish any more," Pepita said loudly.

"That's pretty dumb," Juan said.

"My, oh my, Pepita. Why?" her mother asked.

"Because I'm tired of talking twice."

"Twice?" her mother asked.

"Yes! Once in Spanish and once in English. So I'm never going to speak Spanish any more."

Esa noche, ya en cama Pepita se puso a pensar y pensar. Cuando amaneció, ya había decidido lo que iba a hacer. Deslizándose de la cama, pasó en puntillas junto a Lobo que dormitaba en el piso. Entró rápidamente en la cocina donde su madre estaba preparando el desayuno y Juan estaba comiendo.

—Nunca más voy a volver a hablar español— Pepita dijo en voz muy alta.

—Ésa es una gran tontería— Juan le dijo.

—¡Ay, ay, Pepita! ¿Por qué?— le dijo su mamá.

—Porque estoy cansada de hablar dos veces.

—¿Cómo dos veces?— su madre le preguntó.

—¡Sí! Primero en inglés y después en español. Así es que no voy a hablar más en español.

Juan took a bite of tortilla and grinned. "How will you ask for enchiladas and tamales . . . and tacos with salsa?" he asked. "They are all Spanish words, you know."

"I will find a way," Pepita said with a frown. She hadn't thought about that before.

After breakfast, Pepita kissed her mother, picked up her lunch box, and started to school. Outside, she put her lunch box down and closed the gate to the fence, but not tight enough. Lobo pushed the gate open and followed at her heels.

"Wolf," Pepita scolded, "go home!" But Lobo just wagged his tail and followed her to the corner.

Juan mordió un pedazo de tortilla y se sonrió. —¿Cómo vas a pedir enchiladas y tamales ... y tacos con salsa?— preguntó. —Todas ésas son palabras españolas, ¿sabes?

—Buscaré la forma— Pepita dijo arrugando la frente. No había pensado en eso antes.

Después de desayunar, Pepita besó a su madre, recogió la lonchera con su almuerzo y salió para la escuela. Afuera, bajó la lonchera al suelo y cerró la verja del jardín, pero no del todo. Lobo abrió la verja de un empujón y la siguió.

—Wolf— Pepita lo regañó, —go home!— Pero Lobo le meneó la cola y la siguió hasta la esquina.

"Mr. Jones," Pepita said to the crossing guard, "will you please keep Wolf for me? If I take him back home, I'll be late for school."

"I'll walk him home when I'm through," Mr. Jones said. "But I thought his name was Lobo?"

"No," Pepita said. "His name is Wolf now. I don't speak Spanish anymore."

"That's too bad," said Mr. Jones, picking up his red stop sign. "I thought it was a good thing to speak two languages."

"It's not a good thing at all, Mr. Jones. Not when you have to speak twice!"

—Mr. Jones— Pepita le dijo al guardia de cruce, —¿puede cuidarme a Wolf? Si lo llevo a casa, voy a llegar tarde a la escuela.

—Yo lo llevaré a casa cuando termine— Mr. Jones le dijo. —Pero yo creía que su nombre era Lobo.

—No— Pepita le dijo. —Él se llama Wolf ahora. Yo ya no hablo español.

—¡Qué lástima!— dijo Mr. Jones tomando su letrero rojo de "Alto". —Yo creía que era bueno hablar dos lenguas.

—No es nada bueno, Mr. Jones. No cuando uno tiene que hablar dos veces.

At school her teacher, Miss García, smiled and said, "We have a new student starting today. Her name is Carmen and she speaks no English. We must all be as helpful as we can."

Miss García looked at Pepita and said, "Pepita, please tell Carmen where to put her lunch and show her where everything is."

Carmen smiled at Pepita and Pepita just wanted to run away and hide. Instead, she stood up and said, "I'm sorry, Miss García, but I can't. I don't speak Spanish anymore."

"That is really too bad," her teacher said. "It's such a wonderful thing to speak two languages."

Pepita mumbled to herself, "It is not a wonderful thing at all, not when you have to speak twice!"

En la escuela, la maestra, Miss García, se sonrió y dijo —Tenemos una nueva alumna comenzando hoy. Se llama Carmen y no habla inglés. Todos debemos de ayudarla lo más que podamos.

Miss García miró hacia Pepita y le dijo —Pepita, por favor, dile a Carmen donde puede poner su almuerzo y donde está todo.

Carmen le sonrió a Pepita y Pepita tuvo ganas de salir corriendo y esconderse, pero se levantó y dijo en inglés —Lo siento, Miss García, pero no puedo. Yo ya no hablo español.

—¡Que lástima!— dijo la maestra. —Es tan maravilloso hablar dos lenguas.

Pepita mumuró entre dientes —¡No es nada maravilloso, no cuando uno tiene que hablar dos veces!

When Pepita walked into her yard after school, she found Lobo sleeping on the front porch. "Wolf, come here!" she called. "Wolf, wake up!" But he didn't open an eye or even wiggle an ear.

From the sidewalk behind her, Juan shouted, "¡Lobo! ¡Ven acá!" Like a streak, Lobo raced to the gate and barked.

Juan laughed and said, "Hey, Pepita, how are you going to teach old Lobo tricks if you don't speak Spanish?"

"I'll find a way," Pepita said with a frown. She had not thought about this either.

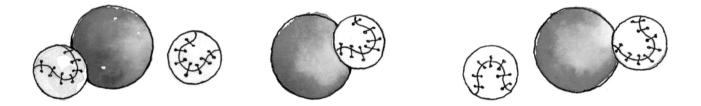

Cuando Pepita entró en su jardín al regresar de la escuela, encontró a Lobo durmiendo en el portal. —¡Wolf, ven acá, despiértate!— le dijo en inglés. Pero el perro no abrió ni un ojo ni meneó una oreja.

Desde la acera, Juan gritó en español —¡Lobo! ¡Ven acá!— Lobo salió disparado hacia la verja, ladrando.

Juan se rio y dijo —Oye, Pepita, ¿cómo vas a enseñarle trucos a Lobo si tú no hablas español?

—Ya buscaré la forma— Pepita dijo arrugando la frente. No había pensado en esto tampoco.

Pepita's neighbor Miguel was on the sidewalk bouncing a rubber ball. His brothers and sisters were sitting on their front porch singing. When they saw her, they called, "Come, Pepita! Sing with us!"

"I can't," she called. "All of your songs are in Spanish, and I don't speak Spanish anymore."

"Too bad," they said. "How will you help us sing at the birthday parties?"

"I'll find a way," Pepita said with a frown. This was something else she had not thought about.

El vecino de Pepita, Miguel, estaba en la acera jugando con una pelota de goma. Sus hermanos estaban sentados en el portal cantando. Cuando la vieron, la llamaron —¡Ven, Pepita! ¡Ven a cantar con nosotros!

—No puedo— respondió. —Todas las canciones de ustedes son en español y yo ya no hablo español— dijo en inglés.

—¡Qué lástima!— dijeron. —¿Cómo vas a poder cantar con nosotros en las fiestas de cumpleaños?

—Buscaré la forma— Pepita dijo arrugando la frente. Esto era algo más que no había pensado.

At the supper table, Pepita's mother told everyone that Abuelita, their grandmother, was coming the next day. "Abuelita says she has a new story for Pepita."

Juan laughed, "Abuelita tells all her stories in Spanish. What are you going to do now?"

"Nothing," Pepita said. "I can listen in Spanish."

"¿Qué pasa? ¿Qué pasa?" Pepita's father said. "What is going on?"

Pepita swallowed hard. "I don't speak Spanish anymore, Papá," she said.

"Too bad," her father said. "It's a fine thing to know two languages."

"It's not a fine thing at all," Pepita said and then stopped. Her father was frowning at her.

En la mesa a la hora de comer, la madre de Pepita le dijo a todos que Abuelita iba a llegar al día siguiente. —Abuelita me dice que tiene un cuento nuevo para Pepita.

Juan se rio. —Abuelita cuenta todos sus cuentos en español. ¿Cómo te las vas a arreglar ahora?

—No importa— dijo Pepita en inglés. —Puedo escuchar en español.

—¿Qué pasa? ¿Qué pasa?— el padre de Pepita dijo en español. —What's going on?— dijo luego en inglés.

Pepita tragó con dificultad. —I don't speak Spanish anymore, Papá— dijo.

—¡Qué lástima!— dijo su padre. —Es muy bueno saber dos lenguas.

—No es nada bueno— Pepita dijo y luego se detuvo. Su papá la miraba arrugando la frente.

"She even calls Lobo 'Wolf!'" Juan said.

"Wolf?" her father said, and his frown grew deeper. "Well then, Pepita, we'll have to find a new name for you, won't we? How will you answer to Pepita if that is no longer your name?"

"I'll find a way," Pepita said with a long sad sigh. This was something she had never ever thought about before.

—¡Hasta le dice 'Wolf' a Lobo!— Juan dijo.

—¿'Wolf'?— dijo su padre con aún más arrugas en la frente. —Bueno, Pepita, entonces vamos a tener que encontrarte un nombre nuevo. ¿Cómo vas a responder a 'Pepita' si ése ya no es tu nombre?

—Ya buscaré la forma— Pepita dijo suspirando muy hondo. Esto era algo que nunca había pensado antes.

That night when she went to bed, Pepita pulled the blankets up to her chin and made a stubborn face. "I'll find a way," she thought. "If I have to. I can call myself Pete. I can listen in Spanish. I can hum with the singing. I can call a taco a crispy, crunchy, folded-over, round corn sandwich! And Wolf will have to learn his name!" With that she turned over and went to sleep.

Esa noche cuando se acostó, Pepita estiró las cobijas hasta la barbilla y puso una cara de terca. —Buscaré la forma— dijo. —Si quiero, puedo ponerme el nombre de Pete. Puedo escuchar en español. Puedo tararear cuando canten. Puedo llamarle al taco sandwich redondo de maíz doblado, tostado y crujiente. ¡Y Wolf tendrá que aprenderse su nombre!— Con esto se dio la vuelta y se durmió.

In the morning, when Pepita was leaving for school, her friend Miguel threw his ball into her yard. Lobo fetched it and dropped it at Pepita's feet.

"You're a good dog, Wolf," she said.

She put her lunchbox down and threw the ball back to Miguel. The little boy laughed and clapped his hands. Just as she was opening the gate, he threw the ball again. This time it went into the street. Like a flash, Lobo ran after it.

"Wolf!" Pepita yelled. But Lobo didn't listen and went through the gate.

"Wolf! Come here!" Pepita shouted. But Lobo darted right into the street.

A car was coming!

Por la mañana, cuando Pepita iba a salir para la escuela, su amigo Miguel tiró su pelota al jardín de Pepita. Lobo la recogió y la dejó caer a los pies de Pepita.

—Eres un buen perro, Wolf— dijo ella en inglés.

Pepita colocó la lonchera en el suelo y le tiró la pelota de vuelta a Miguel. El niñito se rio y aplaudió. En el mismo momento en que Pepita abría la verja, Miguel volvió a tirarle la pelota. Esta vez cayó en la calle. Lobo corrió disparado a buscarla.

—*Wolf!*— Pepita gritó. Pero Lobo no le prestó atención y salió por la verja.

—*Wolf! Come here!*— Pepita gritó. Pero Lobo corrió hasta la calle.

¡Un automóvil se aproximaba!

Pepita closed her eyes. "¡Lobo!" she screamed. "¡Lobo! ¡Ven acá!"

Lobo turned back just before a loud screech of the car's brakes. Pepita opened her eyes in time to see the ball roll to the other side of the street. A red-faced man shouted out the window of the car, and Lobo raced back into the yard!

Pepita shut the gate firmly behind Lobo and hugged him. "Lobo, oh, Lobo, you came when I called in Spanish!"

She nuzzled her face in his warm fur. "I'll never call you Wolf again," she said. "Your name is Lobo. Just like mine is Pepita. And, oh, Lobo, I'm glad I talked twice! It's great to speak two languages!"

Pepita cerró los ojos. —¡Lobo!— gritó en español. —¡Lobo! ¡Ven acá!

Lobo dio la vuelta un instante antes de que los frenos del automóvil chillaran. Cuando Pepita abrió los ojos, la pelota rodaba hacia el otro lado de la calle. Un hombre con la cara roja de furia gritaba por la ventanilla de su carro y Lobo regresaba corriendo al jardín.

Pepita cerró la verja firmemente detrás de Lobo y lo abrazó. —¡Lobo, oh, Lobo, viniste cuando te llamé en español!

Pepita escondió la cara en el pelaje caliente del perro. —Nunca más te llamaré Wolf— dijo. —Tu nombre es Lobo, como el mío es Pepita. Y ¡oh, Lobo, cómo me alegro de haber hablado dos veces! ¡Qué maravilloso es hablar dos lenguas!

Ofelia Dumas Lachtman was born in Los Angeles, the daughter of Mexican immigrants. Her stories have been published widely in the United States. Her young adult novel, *Campfire Dreams*, was issued by Harlequin in 1987. The mother of two grown children, she still resides in Los Angeles.

Ofelia Dumas Lachtman nació en Los Angeles y es hija de padres mexicanos immigrantes. Sus novelas y cuentos se han publicado en todos los Estados Unidos. Su novela para jóvenes, *Campfire Dreams*, se publicó por Harlequin en 1987. Ella es madre de dos hijos y vive en Los Angeles.

Alex Pardo DeLange is a Venezuelan-born artist educated in Argentina and the United States. A graduate in Fine Arts from the University of Miami, Pardo DeLange has illustrated numerous books for children.

Alex Pardo DeLange es una artista venezolana educada en Argentina y en los Estados Unidos. Se recibió de la Universidad de Miami con un título en arte. Pardo DeLange ha ilustrado una variedad de libros para niños.